KB168535

내 그림자 밟지 마라

황금알 시인선 154

내 그림자 밟지 마라

초판발행일 | 2017년 9월 30일

지은이 | 이상원(李相源)
펴낸곳 | 도서출판 황금알
펴낸이 | 金永馥
선정위원 | 김영승 · 마종기 · 유안진 · 이수익
주간 | 김영탁
편집실장 | 조경숙
표지디자인 | 칼라박스
주소 | 03088 서울시 종로구 이화장2길 29-3, 104호(동숭동)
물류센타(직송 · 반품) | 100-272 서울시 중구 필동2가 124-6 1F
전화 | 02)2275-9171
팩스 | 02)2275-9172
이메일 | tibet21@hanmail.net
홈페이지 | http://goldegg21.com
출판등록 | 2003년 03월 26일(제300-2003-230호)

ISBN 979-11-86547-71-7-03810

*이 도서의 국립중앙도서관 출판예정도서목록(CIP)은 서지정보유통지원시스템
   홈페이지(http://seoji.nl.go.kr)와 국가자료공동목록시스템(http://www.nl.
   go.kr/kolisnet)에서 이용하실 수 있습니다.(CIP제어번호: CIP2017023745)

내 그림자 밟지 마라

이상원李相源 시집

황금알

끝자락에 닿아서야 비로소

돌아보는 게 길이다.

기억의 물소리도 분분한 꽃잎도

하얗게 지워지는 창 너머, 바라보면

예전부터 있었던 길은 거기 그대로인데

문득 까마득히 멀어지는 그 위로

아이들이 지나가고, 형형색색

낯선 시간의 얼굴들이 지나가고

이제 더는 볼 수 없는 행간의 맑은 여백餘白,

푸른 별 그림자 어디선가 손짓하는

망각의 적막한 바다, 잠도 더러 보인다.

— 〈저문 날에〉

차 례

1부

2부

3부

4부

1부

새벽 세시

먼동이 트기에는 아직 때가 이릅니다. 지금은 새벽 세시, 한 그루 나무는 뒤뜰 모서리에 제 몸을 기대고 한 땀한 땀 고단한 숨을 고르고 있습니다. 이따금 잔 물살마냥 떨리는 잎을 내밀어 보지만 잡히는 건 허접한 어둠의 부스러기뿐, 더불어 정원을 이룬 이웃들 이름마저 불러볼 수 없습니다. 지독한 적막에 스스로 눈을 감고 아득한 기억의 땅속, 실뿌리 끝에서 전해오는 한 톨 온기로 얼어가는 핏줄을 녹이고 있습니다.

몇 방울 이슬로 잎사귀나 닦고 선 어이없는 이 인내도 밝은 날은 또 만개한 빛의 알갱이를 먼지마냥 덮어쓴 채 세상의 뒷전 어디 묻히고 말겠지요. 어쩌면 약속의 말처럼 청하늘에 머릿결 부비는 날은 영 아니 올지도 모릅니다.

어둠에게

우리들의 몸뚱아리, 닳고 파손되어
몇 개 작은 알갱이
미친 탄환처럼 허공을 쏘다녀도
흔적은 서 푼어치, 금세 지워진다.
미열微熱마저 식고 나면 변두리 빈터
한 조각 녹물 덩어리로 드러누워
해체나 기다릴, 그래도 오늘은 끝까지
천방지축 껍죽대는 이 뻔뻔한 행적을
기억하라, 어둠을 긋고 그어 언젠가는
마찰의 불티로 어둠을 안고 타서
아무래도 삭지 못할 앙금의
화석으로 형형할 수 있음을 기억하라.

저무는 바다

아무도 돌아가지 않았다 날이 저물어도
아이들은 모래톱에 사금파리로 박혀 서서
제게 와서 찢어지는 물살을 즐기고 있었다.
꽃잎처럼 새빨간 핏방울을 점점이 각인한 채
쩔뚝거리며 돌아가는 바다의 노쇠한 등 뒤로
깔깔대는 합창들이 해일로 덮쳐갔다, 하늘에는
오래전에 떠나버린 하느님의 빈집에 진을 친
몇 무리의 별들이 도깨비불을 들고
욕망과 간음의 축제를 즐기면서 모래톱에
무더기로 태어날 정액들을 씨 뿌리고 있었다.
무시로 떨어져 바다의 폐부를 태우는 뇌우가
황당한 풍경을 혼돈으로 가리고, 어둠은 종내
임종을 기다리며 자욱한 갈가마귀 떼로 돈다.
거대했던 날의 기억을 힘겹게 떠올리며 바다는
찬 숨을 몇 가닥 흘려내기 시작한다, 할렐루야!

겨울 예감豫感

겨울은 무엇이나 제 품에 있게 한다.
사각의 얼음 틀로 집들을 가두고
꿈을 가두어 빗장을 걸게 한다.
저 혼자 밖에서 추위에 떠는 길이여
소리도 없이 삭아가는 형상을 지우며
기억 먼 저편으로 저를 유폐시킨다.
파편처럼 마른 몸을 굴리며 이파리들
푸른 한 때 떠올려 뒤채어 보지만
흘러간 날이 어찌 돌아올 수 있겠느냐.
매운 추위에 모두가 함몰한 거대한 늪의 허공
잘못된 사건처럼 몇 마리 새들이 이따금
반짝이다 이내 사라지는 낯선 길을 긋는다.
길은 언제나 떠나는 자의 몫
저문 숲을 넘어가는 바람의 흔적이나
잠시 바라보다 창들은 닫히겠지만
아무래도 빗장을 내리지 못하는 우리 모두
망각의 품에 안겨 불임不姙의 긴 밤을 이루리라.

송년제送年祭

할렐루야, 자선냄비를 핥고 가는
겨울바람 소리가 폐지처럼 나뒹군다.
문패가 가려진 집들은 흉흉한 소문으로
혹한에 갇혀 있고, 주인이 오래 비운 거실
광케이블 속에서 자라난 아이들은
때가 되어 누군가가 호명하자 일제히
광장으로 몰려나와 안개로 퍼져 오른다.
별이 사라지고 꿈을 좇던 눈들이 사라지고
차단된 허공의 한파에 안도하는 사람들은
오색으로 빛나는 축배를 시음했다.
몇 무더기 꽃으로 사육할 분류를 가늠하며
포만한 미소를 선사하는 무대 위 주역들
어둠으로 얼굴을 합친 채 열광하는
광장을 위하여 몇 번인가 잔을 흔들었다.
몽롱한 최면으로 빛나는 조명들의 허공, 원혼처럼
어디선가 잠시 북녘 별이 우는 소리 들렸지만
허접한 몸값만큼 토막으로 그쳤다. 돌아가자
더 이상 여기에는 기다려야 할 시간이 없고
오래전 떠나온 집은 문패가 없어졌다. 하느님

16

어차피 지울 풍경이면 이쯤에서 지우시고
다시 만 년 이을 양이면 제 얼굴이게 하소서
할렐루야!

늦은 부두

돌아오지 않는 것이 갈매기뿐이랴
저마다 여린 파래나 얼려대며 닻줄들은
버텨온 시간의 무게, 가늠질 하고 있다.
바닷물은 그래도 방파제 돌 틈에서
청승스레 교접 소리나 흉내 지어보지만
어쩔거나, 밀물 썰물 어디에도
망둥어 한 마리 얼씬대지 않는 것을.
수평선 넘어가는 바람을 바라보는 심사야
삼백예순 어느 날인들 그립지 않으랴만
끄득이며, 녹물마냥 희멀건 잠에 드는
늙은 어부들 근육질 풀리는 소리
시그널로 두른 채
해풍에 빈 술병 몇 개 흥얼대며 떠돈다.

우리들의 성탄聖誕

아무도 오지 않았다 아이들은
꿈길을 열어둔 채 한밤을 기다렸지만
교문의 쇠창살에 달겨 붙은 한파가
출입금지 팻말을 걸었다는 소식뿐.
메리 크리스마스, 술잔들은 연신 흥얼거리고
도시의 지붕에서 밤새 쏘아 올린 오색의 전파를
받아줄 하느님의 집은 이미 비어있었다.
고장 난 모니터를 팽개친 채
안주할 별을 찾아 숨어버린 탓인지
발신처가 각각인 불협화음 덩어리만
집 안을 스산하게 떠돌고 있었다. 메리
크리스마스, 오래전 얼굴처럼 아이들은
까만 눈을 열었지만, 열리지 않는 문을
마지막 보물인양 저마다 껴안은 채 어른들은
자선 깡통에 던져진 지폐의 무게에나 쿵쿵대며
속살들이 뭉개져도 쌍판을 들이미는, 이 아침
아무래도 눈은 내릴 수 없었다. 상관없는 일이지만
메리 크리스마스, 곳곳에서 깡마른 합창들만 다시
하느님의 빈 집을 향해 몰려가고 있었다. 상관
없는 일이지만.

겨울 풍경

밖은 지금 겨울이다 나무들 외로 서서
깜깜한 허방에다 머리를 들이밀고
생각 먼 파편 몇 개 만지작거리고 있다.
안간힘을 쓰며 기억의 이파리들
가지 끝에 매달려 황량한 목소리로
넝마처럼 애걸하고, 절체절명
작은 풍경 한 조각 바깥에 버려두고
온기는 아랫목에 누워 혼자 소요 중이다.

황당한 결론

어둡구나, 아직은 이른 새벽
바다는 잠든 채 결빙의 틀에 갇혀 있고
몇 줄기 잔물살만 해안에 이르러 열병처럼
흰 포말로 부서지며 목말라하지만, 어둡구나
아직은 추운 계절, 그 작은 몸짓을 매만져줄
한줄기 가등의 빛도 닿아오지 않는 것을.
불빛은 저들끼리 한 지붕 아래 둘러 앉아
오늘은 또 어느 바닥을 긁어댈 것인지
분주하게 음모의 그물코를 헤아리고
깊이 사린 치부까지 긁혀간 치욕의 기억에
간밤 내 불면에 뒤채이던 바다여, 늦게서야
선잠을 안고 취기처럼 궁글은 꿈에서도
치어들은 영문도 모른 채 짓뭉개져 갔지만
어쩔거나, 부두에서 흥정 되는 잠깐의 풍요를
나눠 들고 뒤뚱거릴 그들만의 평화를 위해
햇살의 그림자에나 기대어 속살마저 내발리는
막막한 해저의 날은 끝나지 않을 것이다. 해일은
막숨처럼 어쩌다 잠시 일고, 이내 사라지고
언제나 그랬듯 해안에는 또 다른 잔 물살 몇이
아무도 듣지 않는 몇 마디 상처를 중얼대고 있을 것이다.

21

새벽 해안

여태 어둠이다 별이 진 지도 오래
바다는 아직 잠이 덜 깨었는지
산기슭에 와서 몇 번 낮게 중얼거리다
이내 멈춰버린다. 아무도 기억하지 않는
한갓 변두리 사건을 한 자락 바람으로 지우면서
태평스런 새벽이 뱃전을 몰고 다가와
허접하게 널린 침묵을 잔 물살로 밀어낸다.
간밤 꿈의 이랑에서 뒤채이던 바다의 잔영도
전하지 못한 말과 그렇게 사라지고, 무관하게
수평 너머 먼 곳으로 시간이 몰려가고
하루분의 햇살과 소문들이 몰려가고
풍경에서 밀려나 홀로 남는 새벽 해안
무심한 게고동 한 마리 어슬렁거리다
사라지면 그뿐, 속의 말은 언제나처럼
까맣게 갯벌로 침전해 갈 것이다.

무덤이야

무덤이야, 지퍼를 내려 보면 칸마다
여자, 죽어서도 푸들푸들한 요물들이 낡아빠진
낚싯대에 걸려있어. 지느러미 가득 파도를 달고
저마다 섬이 되어 젊은 날의 간통을 되새기고 있어.
달거든, 죄가 되는 기억은 아무래도 그립거든.
시간의 입자들이 푸석한 밀도를 채운 방 한켠
묵은 소금끼를 쓰고 저 혼자 하얗게 빛나는 가방 속
이제는 뼈마디가 삭아버린 낚싯대는 주정처럼
한 번 더, 흥얼거리며 나를 유혹하지만 지금은
갈 수 없어, 내 지도에는 이미 바다가 없어졌어.
여자들은 젖물이 돌고 자꾸만 가슴이 부풀지만
미늘 끝에 반짝이던 눈빛마저 녹물처럼 낡아
내 낚시가방은 다시 큰 무덤이야 나를 끌고 들어가
지퍼를 채우고 함께 유기되는 동안 방 안에는
교접이 안 되는 욕망만 술잔 앞에 담배를 물고 있어.

모순矛盾의 숲

나무들, 가랑이를 하늘로 벌리고
내려오는 햇살을 발악하듯 빨아대고
뿌리들은 땅 밑에서 아무도 모르게
포만한 살점들로 진저리를 치고
습관이 된 가뭄에 비쩍 마른 풀잎들만
겨울 하늘 수군거리는 가지들 맨살 보고
저걸 어째, 저걸 어째
다갈색 목소리로 연신 숨이 가쁘고.

나무는

나무는 왜 잎을 아래로만 떨구는가
지지리도 길든 생을 한 뼘 땅에 붙박고
죽어서도 닿지 못할 허공 너머 별밭으로
한 번쯤 반역의 빛살 쏘아대질 못하는가.
하늘 땅 두 경계를 불변으로 그어놓고
새끼처럼 재재거리는 것들 희롱하는 재미에
저들끼리 희희낙락 마냥 즐거운 상판, 하느님
땅에서 말라 죽은 원혼이 허공에 덧쌓여
경계도 영역도 다 허물어지는 날이 오면
지상에는 더 이상 당신의 과즙이 없을 것이다.
무료함을 견디지 못해 말라가는 몰골인들
누군가의 노리개로 떠돌게 될 것이다.
허드레로 던져주는 몇 모금 빗물에나
온몸을 기대서서, 스스로를 최면 걸듯
위안 같은 몇 마디 중얼거리다가도
가위눌린 꿈에서나 어쩌다
하늘 한 번 찔러보는 저
앙앙불락의 나무들.

해저海底를 만났다

해저를 만났다 깜깜한 어둠에 저를 가둔
고집을 만났다 아무도 알을 치러 오지 않아
한 덩어리 시간의 무덤으로 저 혼자 들앉아
모든 빛을 거부한 채 중얼대고 있었다.
그도 또한 말이 되지 않아 어디에 닿아가든
파장 하나 낳지 못하지만, 익숙해져 있어
부서짐도 못하는 허방일 뿐이었다. 어쩌다
고단해진 지느러미를 끌고 떠밀려온 것들만이
난파된 별의 알갱이 몇 개로 허기를 채우고는
이내 떠나버리지만, 끄득이며 묵묵할 뿐이었다.
해저를 만났다 진종일 치어 하나 얼러보지 못한 채
또 다른 한 층 바다가 떠밀려 내려앉는 것을
대신해 막아주듯 저는 늘 거기 있고, 찬란한 소문들은
해면을 들락거리며 물보라로 반짝대는 것을 보았다.

동지冬至 지나며

어디에서 새 한 마리 울고, 한밤중이 잘게 떤다.
움츠려라 더 깊이, 큰 추위가 온다
마을은 잠들었고 이따금 켜진 불빛들은
투전꾼과 어울려 귀를 아예 닫고 있다.
혹한 너머 또 혹한이 온다, 새는 자꾸 울고
전답들이 무더기로 주인을 바꿔가는 동안
집집마다 아이들은 엷어지는 잠을 떨며
대책 없는 고뿔에 진땀을 앓기 시작하고
이제 더는 울어볼 울음이 없는 새는
그리운 북녘 먼 나라로 어둠이 되어 날아간다.
일곱 번째 임진壬辰의 종소리가 그림자를 끌고 가고
잔뿌리 몇 개로 근근이 버티던 나무마저
눈발 속에 드러눕고, 불길한 예언처럼
오래 묵은 한 풍경이 해체되기 시작한다.

다시 봄이야

다시또봄이야, 새빨간입술로연신교음흘려내는마술같
은꽃들지천으로흐드러져봄이야, 환장한눈빛들무더기로
빨아먹고있네. 번질거리는동공은나날이위대胃大해져한시
절송두리째삼키고도줄줄이대기중인시간마저군침흘려걸
신마냥껄떡이네. 그래봄이야, 다삼킨뒤에세상은거대한꽃
하나로만남아지지리도복되겠네만수무강하겠네.

광장에는 사쿠라가 만발했다는데, ·모두 꽃 축제 가고
텅 빈 마을 당나무 아래 앉아 소주를 마시네. 삼신할매
오가던 가지에 주렁주렁 매달린 섶줄의 흔들거림을 안
주 삼아 이슥토록 들이켜도 내 입술을 빠져나간 숨결은
작은 풀꽃 하나도 이루지 못하네. 자정 지나 어둠으로
얼굴을 가린 바람이 당나무 앞인 줄도 모르고 혼 빠진
걸음을 휘청이며 마을로 들어가네. 몇 번인가 그리해도
아직은 부끄럼이 남았는지 마을은 불도 켜지 못한 채 잠
을 덮고 누웠네.

아무래도봄이야. 적막한어둠속가지를감아올라허공으
로사라져가는담배연기가서글퍼 이제그만돌아가려하
네. 마지막잔을들고바라보면당나무아래한때의생각도망
각의바다로간그봄의슬픔처럼취기에흔들리고내일은나도

봄의소리한번들어보고싶네. 새빨간입술을날름대는꽃들
속에앉아서, 버려지고또버려져귀신이되어서도움한번못
틔워본백년묵은씨앗들속에족보마저낮술에다말아먹은얼
빠진잡놈으로앉아서.

2부

뿌리들의 반란

뿌리들은 더 이상 땅 밑에 살고 싶지 않다
임무를 마친 초병처럼 가붓하게
근무교대, 외치며 지상으로 몸 내밀고
스스로 이파리며 꽃송이가 되고 싶다.
실낱처럼 내리기도 한참 덜 여문 씨방들은
주름진 땅의 골골에 죽정이로 말라가고
한 번쯤 뒤집어도 무난한 일인지
문의 간 바람은 부재중인 하느님을 찾아
떠돌다 지쳐, 그만 포기 중이다
땅거죽을 경계로 들락대는 뿌리들
등살에, 그만 눈을 감고 세상은 도리가 없다.

불
— 두 개의 변주變奏

빌미만 붙여주면 타고 싶은 게 불이다.
고단한 춤사위를 마악 접어가다가도
볼품 없는 삭정이 몇 개비만 더해주면
죄악처럼 달은 몸을 내던지는 게 불이다.
한낱 검은 재의 허망함에 움츠려
길들여진 일상에나 덜미 잡힌 눈들 앞에
보란 듯이 단내로 타버리는 유혹이다.

불씨가 남았을 때 불은 아직 축복이다.
지상을 덮어오는 매운 눈발에나 기대어
불러볼 누구도 없이 적막에 떨고 선 날
자꾸만 뒤돌아보는 저문 그리움이다.

내 그림자 밟지 마라

내 그림자 밟지 마라
긴 날을 함께 걸었으나 한 번도
내 가진 빛깔을 걸쳐보지 못했다.
검정 단벌 깊숙이 모가지를 묻은 채
눈도 귀도 접고, 풀포기에 던져져도
각인 되는 법도 없이 묵묵히
내 가는 걸음을 따랐을 뿐이다.
지나가면 그뿐, 누구의 꿈도 아닌
허접한 길을 돌다 저물녘 지친 산기슭
한 모금 연기나 흗는 내 등에 기대어
저만치서 흔들리는 바다 잔 물살에도
춥다고 움츠리는, 내 그림자 밟지 마라.

못이 삭아간다

못이 삭아간다
하찮은 빌미로 서로를 부여잡은
세상의 결속들이 풀어지고 있다.
삐걱대는 탁자들, 가늠도 모른 채
흐린 불빛으로 출렁이는 주막 안.
거듭 분리되어 명명조차 할 수 없는
얼굴들이 소음으로 분분한 저녁나절
연신 잔을 비워내도 삭아가는 중심을
다스릴 수 없는
이 어눌한 취기.

주막酒幕에서

몇 개인가 삭막한 소주병들
좌석에서 이탈한 채 제각각
삐딱하게 나자빠진 빈 내장 속으로
간간 들락대는 바람, 식은 체온만큼
우리네 거리 또한 비어있다.
오만한 이빨들에 안주로 갈려나간
얼굴들, 온갖 소문들이 저만치 외로 서서
실없는 어둠의 바다 물끄러미 보고 있는
그 너머, 벽면 구석 까만 손때 속에
누군가 휘갈겨 놓은 글자들, 낡은 전구처럼
혼자 눈을 깜박거린다. 깊어갈수록
사물들의 경계가 허물어지던 밤은
오래된 기억인가, 혹은
착각이던가.

장마기記

꿈에서도 종종 뇌우雷雨를 만났다.
장마는 월력에서 무시로 불거져
황당한 난동에 시달려야 했다.
갓 피어난 고추의 꽃들이
꽃으로만 팽개쳐진 생을
황톳물에 허옇게 떠밀려가도
일상의 소문에선 회자되지 않았다.
튼튼한 도시의 외벽에서 밀려난
누기까지 덤으로 다 덮어쓰고
곰팡내로 눅눅한 숨을 헐떡이는
소 울음소리인들 누가 듣고 있겠는가.
별이 보고 싶다 깜박이던 시간들은
깡그리 이상기류에 압송되어 가고
예보를 숨긴 채 장마는 우리네 기억과
고향 혹은 꿈이라는 말들을 뒤덮고 있었다.

그 집

넝쿨더미 속에서 문득 집이 하나 돋아나네. 시누대가 건들대면 시누대의 집이 되고 들짐승 진짐승 아무나 들락거려 족보도 제 이름도 잊은 황량한 꿈 조각이네. 그래도, 저물도록 오지 않는 발소리 하나 기다려 실낱처럼 그리운 울음 지닌 집이었네. 깜깜한 넝쿨 너머 먼 하늘로 용마루를 열고 이따금 성좌를 바라보며 스스로를 추슬러 온 그의 몸은 낡았지만, 피멍처럼 뜯겨나간 흙벽에도 헤살난 문살에도 새끼들, 새끼들 재재발리운 시간의 손때 까맣게 묻어 있네.

집이 하나 돋아나네. 적막한 시간의 더미를 헤집고 오래된 얘기처럼 비로소 돌아와, 달이 뜨는 밤이면 기둥이며 대들보들 삭지 않는 뼈마디로 어둠을 밀치고 하얗게 몸을 여는 그 집, 고단한 심사를 제 품에 뉘이고 부질없는 꽃불의 기억에나 기대어 새 날과의 교접을 꿈꾸려는 한 사람을 기다리네, 기다리네.

길이 쓰러진다

비틀거리며 길이 하나 걸어와 내 앞에 쓰러진다.
길은 오래 길이어서 그 이름을 지녔겠지만
황당한 그 꼴을 나는 바라볼 수가 없다.
우리가 버린 시간의 넝마를 온 몸에 걸치고
그 무게에 만취되어 헐떡이다 드러누운
그의 몸, 덕지 붙은 우리들의 민얼굴 위에
히죽거리며 가등의 빛이 지나가고 멀리서
바퀴들 요란한 박수 소리마냥 지나가고, 어둠은
작은 사건 하나를 시간의 지면에서 지워버린다.
아무 일도 없었던 양 한 시대는 튼실하고
그는 다시 일어나 깜깜한 외곽으로 걸어가겠지만
걸어가서 망각의 외딴 대문 속으로 사라져 가겠지만
쓰러진 흔적은 오래 그의 잠을 무겁게 할 것이다.

염소

아침에 네 발로 걸어나간 염소가
해체되어 돌아왔다
한 박스의 팩에 분리되어 뽀얗게 눈을 뜨고
뼈다귀들, 불판에서 지글거리는 제 살점을
물끄러미 보고 있다. 한때 저와 함께
한 몸을 이루었던 것들이 지상에서 사라지는
소멸의 순간을 보는 동안 수십억의 몸을 가진
지상의 오직 한 종, 한 속을 위하여
우리는 연신 소주잔을 흔들었다.
누군가의 뼛속 내용물을 채우러
살점처럼 저도 이내 흔적을 잃겠지만
염소는 몇 차례인가 운명의 굴레를 돌아
어느 자궁 속에 안착하거나 물방울이 되어
물방울 만나러 먼 허공 길을 떠나갈 것이다.
인연이 끝난 자리는 버릇처럼
술병들, 내장을 비운 채 나뒹굴고
영생인 양 가붓대는 몸을 위해 지워져 간
이름들의 무게에 가위눌려, 바람 한 줄
땅으로는 눕지 못하고 적막하게 떠나간다.

중심축이 흔들린다

내 몸의 중심축이 기울기 시작한다
오른쪽 왼쪽 조금씩 흔들리다 끝내
연시처럼 철벅 땅에 떨어진다.
포기하고 싶다 일어나지 말고 이대로
어둠으로 차단한 채 저 혼자 고요한
땅속으로 피난처럼 녹아들고 싶다.
머리를 드는 순간 허공은 그가 감춘
혼돈의 도깨비불로 번뜩일 것이다.
좌우를 번갈아 난타당한 내 몸은
일어서고 쓰러지기를 연신 반복하며
이력처럼 주름을 달아갈 것이다.
그래도 땅은 제게로 흘러드는 것을
용납하지 않는다. 두꺼운 포장을
철갑처럼 두르고, 그저 가야 한다고
떠민다. 땅과 허공 사이 막막한 공간을
개미마냥 자세를 낮추고 소속도 모른 채
걸으며 마냥 흔들리는 중심축, 끝내 나는
헝클어진 주름 타래로 내던져질 것이다.

게

나는 밥이 아니다
내 살로 허기를 채우려 하지 마라.
빨갛게 익은 게 한 마리 접시에서
집게발을 벌린 채 항거하고 있다.
그럴 것도 같다고 끄득이며 나는
통째 옮겨가 소주와 함께 해체한다.
제 속살과 더불어 잘근잘근 씹히는
인간들 혹은 소문들을 음미하며
게는 비로소 집게발을 내리고
단단하게 사렸던 등껍질을 벌린다
독한 것에 절어가는 우리네 치기에다
해조음도 간간 섞어가며, 게는
접시에서 사라지고 판이 끝난다.
허공에 흩어지는 담배 연기 속에 문득
제 생의 마무리를 제대로 치러준 내게
목례를 하고 사라지는 게 한 마리를 보았다.

곡산* 아래 살면서 1

새벽 내 창을 흔드는 건
바람이 아니다.
망망한 대해를 돌고 돌아
늦게야 돌아오는 물이랑 소리.
전할 말도 간직할 것도 없이
이제 더는 남은 노래마저 없이
성애처럼 서려오는 숨소리일 뿐이다.
이 새벽 산자락에 맨몸으로 눕는 건
파도가 아니다.
그물코에 물살 감아 소문들을 낳는
바다는 어둠 너머 저 멀리에 있고
하릴없는 갯벌의 식은 숨에나 기대어
간간 몸을 떨며 잠들지 못하는
곡산 아래 창 너머엔 별들도 춥다.

* 곡산谷山: 경남 고성군 고성읍 바닷가에 있는 야산野山.

곡산 아래 살면서 5

불러주게, 또다시 밤을 두드리는
저 바다의 숨소리로 나를 불러주게.
곡산 위에 뜨는 별 그림자 품어 안고
기슭에 포말로 지는 저 물안개로 불러주게.
산이 낮게 엎드리면 누군들 예사로 안다
어디에도 닿지 못해 늘 혼자인 노래처럼
북녘 먼 하늘 바라 그리움도 저무는 밤,
가문 산의 눈빛에 한 번 더 속내를 푸는
바다는 그림자를 안고 비로소 잠에 들고
곡산 아래 살면서 무시로 그 풍경에 젖어
적막마저 따숩게 두른, 한 잔으로 불러주게.

늪에서 쓰는 편지

나는 요즘 잘 잠들어 있습니다. 세상의 마알간 젖꼭지를 물고, 잊었던 발성법 몸짓도 익히면서 부드러운 늪에 안겨 무럭무럭 자라나고 있습니다. 따로 놀기 일쑤이던 머리통이 비로소 제자리로 돌아오자 몸통은 그걸 감아 실뿌리를 내리기 시작합니다. 실뿌리, 새하얀 윤기를 반짝대며 남김없이 뽑아내는 저 눈부신 빨판들, 머리통은 끝내 빈 바가지마냥 어느 바람결엔가 와싹, 하며 으스러지고 말겠지요. 어쩌다 기억의 뚜껑이 열려 응아 하고 보채면 늪은 금 새 단 내 나는 몇 모금을 폐부까지 깊숙이 밀어 넣어 줍니다. 꿈은 잠에 해롭단다, 눈꺼풀을 덮어주는 늪의 몸은 솜이불처럼 참 따스합니다.

바람이 붑니다. 아주 잠깐의 일이지만, 서쪽 숲을 넘어가는 새들이 보이고 허공에 흘려놓은 길들이 비칩니다. 눈에 익은 날갯짓 하며 두런대는 소리들이 바라보기 어지러워 그만 눈을 감습니다. 신기루처럼 사라지는 흔적에 안도할 줄 아는 법도 익혀가며 나는 잘 자라나겠지요. 우량종자로 늪의 씨앗을 잉태하든지 스스로 늪이 되어 어미처럼 젖꼭지를 물리게 되겠지요. 아무려나

잠이 올 뿐, 지금은 아무도 그립지 않습니다.

45

저문 산

겨울 산에 올라보면 고요함 뿐이네
거대한 결빙의 틀 속에 제 몸을 가두고
나무도 허공도 함께 입들을 닫고 있네.
봄을 기약하기에는 막막한 혹한을
풀잎들 마른 몸을 던져 감싸고 있지만
얼어가는 산의 살점을 어찌할 수가 없네.
자꾸만 감겨오는 눈꺼풀 너머, 돌아보면
새파랗게 독毒이 오른 이파리들
쏟아내도 연신 치미는 욕정에 바람아
바람아, 숨 가쁘게 몸 들볶던
그런 날도 있었네, 지금은 저문 계절
어쩌다 새 한 마리 그림자를 드리워도
미동할 기척도 없이 고요할 뿐이네.

유혹

불 속에 집이 하나 있네. 빠알간 음표처럼 출렁이는 불길을 장식으로 두르고 시들지 않는 알몸을 어둠 너머 저만치서 아롱대고 있네. 이따금 얼비치는 환상에 취해 나는 돌아갈 길도 잊고 오래 서성거리지만 아무래도 갈 수 없네, 감당 못 할 열기로 팔만사천 모공을 태워 기적처럼 나를 새로 낳아줄 것만 같은 그 집 언저리조차 닿아가질 못하네.

내가 걸친 백 근 외피는 무거워 어둠의 강을 헤엄칠 수가 없네. 불꽃과 불이 되어 다 타버린 뒤 무중력의 혼불 하나로만 갈 수 있는 그 집, 다시 나를 손짓하는 등 뒤 또 다른 집을 기억하네. 끝까지 내 문패를 지키는 그곳은 무덤처럼 안온한 잠의 따슨 이불을 다독이며 기다리고 있지만, 두 개의 집 사이 깜깜한 공간을 깜깜한 덩어리로 맴돌다 찢기고 아물기를 늘 반복하면서도, 일렁이는 불꽃 속에 요요로운 그 집의 유혹을 끝내 지우지 못하네.

3부

대춘부待春賦

봄은 아직 멀다던가
일찍 내민 새싹들 입술이 부르튼 채
매운 칼바람을 견디고 있네.
무시로 살점을 찔러대는 진눈깨비
주술처럼 번뜩이며 저승잠을 흔들어도
잠들지 말아라 싹들아
이 날이 가기 전에 너희마저 잠들면
독야청청 우거져가는 산들을 멀리 두고
들판은 헐벗은 채 살점마저 불타리라.
두터운 옷깃에 얼굴을 파묻고
한마디 탄식 뿐, 나는 그저 지나가지만
잠들지 말아라 싹들아, 지금은 추운 계절
얼어버린 눈물에 두 손을 부벼도
피멍 든 네 생채기로 파랗게 하늘 열리는
내일은 봄일거나 정녕 푸른 새 세상일거나.

밤 비

바다에서 승천해 간 물방울들이 이 밤
비가 되어 어둠을 적시고 창을 쓸며 울먹이다
끝내 술잔 속에 뚝 뚝 방울져 떨어진다.
적막하여 아무도 없는 집에 홀로 앉아 듣는
빗소리의 여운을 나는 알 듯도 하지만, 그 여자
화면 가득 옷자락을 나풀대며 광장을 압도하고
뭉개지는 잠과 내일의 약속들, 상관없이
빨갛게 번 입술을 향하여 광란의 손을 흔들며
모두들 취해 가는 화면 속, 갑오년의 봄이 가고
또 여름이 자막으로 지나가고 밤비는 끝내
저 혼자 내리다가 밤중쯤 한 번 더 아우성 친 뒤
머리를 푼 채 바다로 돌아간다. 황당하여 바다는 몇 줄
파도를 들어 올리며 먼 하늘에 몸부림을 보내지만, 밤은
어둠으로 한 때를 지우고 내일은 전능한 손들의
메모처럼, 연출하는 그 여자 미소와 열광처럼
새날에 모두가 안녕할 것이다. 다시 잔을 들면
점점이 녹아드는 빗방울들, 어이없는 취기 속에
가등마저 꺼진 저 너머 질펀한 빗소리로 바다가 젖든
무관하여 아무 일도 없었던 그 여자 치마폭에

음음하게 번뜩이던 눈빛들 잠시 떠오르고, 술잔은
불길한 예감에 흔들리기 시작한다. 아무래도
가업家業은 끝나고 집들은 새 문패를 달게 될 것이다.

빈 집

오래된 그 집의 주인을 내가 안다 한들 무슨 소용이겠습니까. 용마루를 뒤덮은 이끼들 머리 위로 전설마냥 단아한 백의白衣의 바람결이 간간 얼비친다 하여도, 문패에는 지워진 글자들의 흔적만 오래전에 삭아버린 족보처럼 어른거릴 뿐입니다. 객꾼들 동냥질에 익숙해진 잡동사니 개는 포만한 낮잠이나 즐기다 어색한 내 발소리엔 마냥 짖어대겠지요.

본디 주인 되는 이의 품성이 엄정하여 까마득한 세월에도 잡새 들지 못한 것을, 마파람 하늬바람 하 눌린 탓인지 끝내 금이 가고 숭숭한 바람구멍 속으로 뱁새도 들쥐도 둥지를 마구 틀어, 우러러 하늘에 드릴 마지막 말마저 아득한 지금

이제 그만 집이기를 포기해야 할런지요.

민둥산

산이라도 민둥산쯤으로야 남아날 수 없지 않겠습니까.
누군가의 원정園庭을 위해 굽이 좋은 소나무들 다 불려
가고 바다 건너 몰려드는 해풍에 숨어든 소금끼가 풀뿌
리들 야금야금 갉아대는 시간, 아름드리 잡목들은 빨대
같은 실뿌리로 이 산에 남은 자양 싹쓸이로 오물거리는
중입니다 자꾸만 하혈되는 제 육즙에 진저리치는 풀잎
들의 아우성을 간식처럼 즐기며 넓어가는 영역만큼 번
질거리는 잎사귀를 흔들어 바람아, 환장하고 있습니다.
기어코는 비대해진 저들도 엉뚱한 광장에 눈요기로 팔
려가거나 족보도 모르는 집 벽난로에 말려들어 한 줌 재
로 분해되고 말겠지만, 누가 다시 어느 하 세월에 식목
을 꿈꾸겠는지요. 대대로 그 능선에 솔바람을 기르던 넉
넉한 품을 전설로나 접은 채 민둥산은 깎여나가 몇 개인
가 새 지번으로 쪼개져 만 년 세월은 장난처럼 일순 사
라지고 말겠지요.
엄정했던 주인의 목소리가 너무 오래 자리를 비운 사
이 버려진 등기부를 희롱하며 음음하게 소용돌이치는
해풍의 눈 시린 꼬락서니를, 견뎌낼 재간이 없는 나는
말라가는 풀포기를 지나 이제 그만 하산하기로 합니다.

그래봤자 돌아가 누울 집도 없이 그저 떠돌게 되겠지만, 그래도

어느 처마 아래선가 노숙의 꿈에서는 청청한 솔잎 끝에 낙화처럼 부서지는 햇살을 밟고 가는 백의白衣의 사람들이 다시 보고 싶습니다.

어느 날의 간이역簡易驛

간이역에 부는 바람은 철새처럼 적막하다.
한 장씩의 행선지를 들고 모두 떠나간 뒤 남은 자리
술잔 속 길을 따라 가까스로 탈출해온 나는 혼자
야윈 빛살 아래 앉아 북녘으로 가는 표를 물었지만
대답해줄 누구도 남아 있지 않았다.
무겁게 입을 다문 선로線路를 어둠 너머 배웅하고
바람은 다시 내게 돌아와 옷깃을 흔들지만, 오래전
몇 개인가 지번으로 분할되어 저당된 몸을 끌고 어디로
갈 것인가. 조각난 혼들을 줍듯 거듭 잔을 비우며 바
라보면
겹겹이 차단된 세월 너머 유령처럼 북녘 먼 기억의 골
짜기
흙이 된 백골들이 내밀고 선 억새 위에 일곱 개의 별들
이 내려
저들끼리 흰 옷자락을 나부끼며 두런대는 머나먼 그
나라를
늦은 밤은 간간 얼비춰주지만, 이제 그만 돌아가자
취기를 데불고 허공으로 사라지는 몇 개비 담배 연기가
허망한 풍경들을 지우고 어둠이 역사驛舍에 자물쇠를

내리고
　아무래도 없는 행선지를 중얼대다 돌아가는 간이역
　바람은 구부러진 내 어깨를 토닥이며 내일 다시, 달래
지만
　돌아가 나를 구겨 넣는 지상의 낡은 방엔 일그러진 뉴
스와
　갈증처럼 망각을 껴안은 채 여전한 술병이 기다릴 것
이다.

침몰을 꿈꾸며

마을은 잠들고 나는 떠나간다.
뱃전을 잡는 물살 위에 쓸쓸한 인사처럼
가등街燈의 빛살은 여린 포말로 내리지만
어설픈 위로의 말은 생략하자, 어느 땐들
빈 물간 흔들리며 떠도는 출어出漁 아니던가.
내 배는 작은 목선, 굳이 이물에 매달려
차운 물보라로 어지러운 바다여 이 시간
울음일랑 접어라 하늘에는 열두 별이
길 없는 앞을 가리키며 요령처럼 반짝이고
한 생 내내 되풀이한 이 지루한 출발에도
나는 아직 한 어공魚公을 만나지 못했다
먼 북쪽 얼음 밑 만 년 세월 잠을 털고
깨어나 막막한 이 바다를 흔들어 줄
지느러미 소리를 만나지 못했다.
답이 없는 바다에는 걷히지 않는 어둠 속에
어긋난 구도처럼 붙박힌 섬들이 희미하고
그 언저리 숨겨진 여 밭을 헤매다 내 배는
거듭되는 충돌에 지쳐 끝내 침몰할 것이다.
운명처럼 해저에 누워 찬 숨을 고를 때

옷이 하얀 어공魚公은 비로소 다가와
머나먼 나라를 얘기해줄지도 모른다. 잠시
한순간이겠지만.

신, 고축문新, 告祝文 1

할머니 올해에는 음력 이월 한 달을, 바람이 일지 않아 소지燒紙도 못 올리고 반역도 간음도 없이 잘 지냈는데요 그래도 삼짇날은 영판 찾아오데요. 바퀴들 주야장천 지축 흔든 보답인지, 뿌리는 월동 이불 밑에서 미동도 않는데 이파리는 밀물처럼 밀려 나와 손주들 사는 동네는 날로 푸름입니다.

할머니 올봄은 제 명도 못 채우고 춘삼월 막 지난 강물에 익사할 거라는데요 요절한 그 꼴이 안쓰러워 월경越境해 온 땡볕이 풍장으로 수습해 주겠지만, 그 바람에 속 빈 강정 같은 가을이 푸석한 몰골로 예비 된다 해도 가관인 그 꼴들을 그저 구경할밖에 도리가 없겠는데요, 뿌리와 따로 노는 이 시행착오의 푸름을 아무도 묻지 않는 시절입니다.

할머니, 빨간 황토를 문간마다 쟁여놓고 너른 소맷자락으로 휘이휘이 시간의 길을 쓸어 손주놈 먼 앞날에 돌부리를 걷어내던, 바람할미 이월은 명왕성을 데불고 우리들의 성단星團을 영 떠나버린 건지요?

신. 고축문新, 告祝文 2

　산은 이제 길이 없습니다 스스로 문을 닫고 만장한 넝쿨 더미로 무덤들을 잠재우고 있습니다. 가없이 진을 이룬 묵은 억새 뿌리 아래 가물한 흔적을 애써 기억하며 묘비墓碑들 문자文字를 껴안은 채 마냥 내다보지만 멀리서 분주한 바퀴들 소리뿐, 눅눅한 이끼를 둘러 쓴 채 저 혼자 중얼대는 소리는 하릴없이 혼자서 저물어갈 뿐입니다. 삼백예순 허허로운 바람도 그렇지만 한 자 두 자 자꾸만 떠나가는 적막한 사연인들 또 어찌할 것인지요.

　이제 길은 없어도 그뿐입니다. 찾아올 발걸음이 끊긴 산속에서 무덤들은 스스로 신화神話가 되는 꿈에 젖어듭니다. 옛적에도 그랬듯이 하염없이 눈이 내려, 묘역墓域도 산도 마을도 지번을 지우고 눈 속에서 흰 눈으로 서로가 엉긴 세상. 할미와 손주들 둘러앉은 그런 밤엔, 비로소 문자文字들도 속내를 다 열고 화롯불로 토닥토닥 잘 타올라 할 일을 다 마친 듯 승천해가겠지요.

신, 고축문新, 告祝文 3

덤터기 씌우는 일이야 인간사 어드멘들 지천으로 있지 않겠습니까. 소시 적 나무새 밟은 제 고무신을 검정 치마로 가리면서 나를 빤히 가리키던 그 가시내 작은 손가락은, 기억의 텃밭에 끝내 하얀 꽃으로 피어 등불마냥 환하게 우리네 삶의 언저리 바라보지 않던지요.

죽창 끝에 점점 핏방울로 몸을 벗어 던져주고 할배는 새가 되어 아득히 날아오르셨는데요, 뒤돌아본 이승의 불지옥에 망연자실 깜깜한 허공의 재로 부서져 몇만인지 모를 날개들 틈에서 서로를 부비며 백치처럼 그저 날아 가버렸는데요, 그 눈에 박힌 흉흉한 손가락이사 몇 생을 전화해도 꺼이꺼이 피울음 어찌 삭겠는지요.
땅이 흔든 속내를 사람이 어찌 가늠하겠습니까. 덤터기도 오라지게 덤터기 쓴 할배는, 뱃속에 든 새끼꺼정 데불고 영문도 모른 채 따라간 할매는, 뼈 시린 한기에 서로를 껴안으며 허공 가득 어둠의 덩어리로 떠오르던 수도 없는 날개들은, 속절없이 또 가는 계해년癸亥年도 제주祭酒 한 잔 못 받은 채 앙상한 혼불로 섬나라 구천을 떠돌아

유維 세차歲次 그다음 말은 차마 잇지 못합니다.

신, 고축문新, 告祝文 4

　기억의 문이 하나 있네. 폐쇄된 도서관을 찾아 서성이며 나는 책들의 행방을 생각하네. 그 문을 열 유일한 열쇠인 책들이 사라진 건 백 년도 더 오랜 일이지만 그 안에 들지 못하면 나는 영영 묻힐 땅을 찾지 못하네. 이승도 저승도 아닌 막막한 허공을 패잔병마냥 떠돌면서 대물림된 기억의 문 앞에서 다시금 배회하는 내 새끼들을 그저 보고만 있어야 하네.

　이미 내 가방은 창고 한구석에 버려져 있네. 먼지를 눌러쓰고 세월의 무게에 찌부러져 지금은 쥐들의 집이 되어 있네. 사방으로 지린내를 덧칠하며 번창해가는 저들에게 내장을 다 갉히어 아무것도 담을 수가 없지만 그때는 그랬네. 빛나는 책갈피를 펄럭이며 세상의 지붕을 덮고 있는 새하얀 눈 속에서 동화처럼 하강하던 비 구름 바람이며 삼천의 무리며 열두 개의 나라며 길고 긴 아무르강이며 쫑알쫑알 쏟아내곤 했었네.

　그 많은 책들은 어디로 갔을까. 해협을 넘어온 미친 불에 불타버린 옛적 사람들의 하얀 옷자락을 생각하네. 구천으로 날아가는 잿가루에 박혀서 너울너울 한 서린 춤사위로 승천해 간 글자들을 생각하네. 생각은 생각일

뿐, 껍데기만 남은 도서관은 백 년이 넘도록 책들의 행
방을 궁금해하지 않네. 재를 먹고 기름지게 자라나 천지
를 뒤덮은 잡초들, 다시 이는 그 불의 축제에 모든 손이
자욱히 나풀대는 한 때,

　참 알 수가 없는 새는 울어 불승不勝 또 울어 영모永慕,
망연한 눈을 들어 서녘 하늘만 보고 있네.

삼월三月

하늘은 마냥 말갛게 푸르러 오는데, 이제 막 물오른
입술에다 감당 못 할 초성을 애굴리며 새들은 그 하늘에
시리도록 눈물 한 방울로 잦아들고 싶은데

어쩔거나, 나는 또 주체 못 할 그 삼월 바람으로
산발한 머릿결을 나풀대며 장터마다 휘몰아가
백 년 묵은 정자나무 우듬지에 자지러지고 싶은데

형형색색 물 건너온 것들이 때깔 좋은 좌판 위
낮술에 거나해진 바람은 싸구려 흥정에나 취해가고
아무도 바라보지 않는 저 먼 하늘은 적막하여
백의白衣 같은 구름 몇 점 저들끼리 떠가는데

어쩔거나, 나는 또 그 자락에 온 장바닥이 뒤덮혀
요동치던 그 흰 물결 다시 보고 싶은데
이윽고 삼월 하늘 오래 잠든 혼불마저 깨워 흔들
웬일로 그 함성, 기어이 듣고 싶은데.

봄비2011

방사능비가 오고 나는 쑥을 캔다.
백 년 전 이 비를 맞고 백치로 태어났으므로
괜찮다는 당신의 발성을 알아듣지 못하는 게
유일한 슬픔이다. 보릿고개 구비 구비 나를 업고
어미처럼 젖 물리며 온 그 쑥 냄새를 따라가도
바구니에 쌓이는 건 허접한 식욕 뿐,
해협을 넘나드는 봄바람에 그저 히죽이는 내게
살점 적시는 비쯤 대수로운 일 아니다. 뉘처럼
구구단을 외우듯 들이밀 족보가 없는 나는
찾아볼 묘역도 없어 귀퉁이 외딴 집, 쑥 잎을
떡고물에 비비다 막걸리를 껴안고 잠들어 가겠지만
그래도, 그곳에서 습관처럼 새끼를 칠 것이다 새끼는
꼬리표가 뒤바뀐 채 태어나 백 년 뒤 또 쑥을 캐고
그때도 봄비는 내리고, 집은 이미 없을지도 모른다.

곡산 아래 살면서 2

곡산 아래 살면서 나는 아무 걱정이 없습니다.
여기에도 북쪽 먼 하늘에 일곱 개의 별이 뜨고
그 빛에 얼비치는 삼 간 집 한 채는, 언제든
돌아오라 사립을 열어 고향 냄새를 보냅니다.
내가 뿌린 씨앗들 잡초 더미를 뚫지 못해
잡초와 몸을 섞어 흔들린다 해도
감나무엔 늙은 과실들이 가을볕을 독점한 채
평화란 이런 평안이라 속삭이고 있습니다.
실뿌리마저 어는 날을 누군가 말하지만 소문은
소문일 뿐, 저당 잡힐 종자들 곳간에 남아 있고
내장까지 해풍에 내발린 담장을 곁에 끼고
삭은 빗장 아래 드러누운 대문도 이제 더는
걱정할 일 없습니다. 수평 너머 대기 중인
몇 개인가 경보도 나중의 사건일 뿐, 아직은
해협을 건너온 바람에 모공毛孔 더러 식혀가며
반도半島는 포만하게 숨쉬고, 곡산 아래 살면서
굳이 걱정할 일들 없습니다. 정말 걱정
없습니다.

곡산 아래 살면서 3

방파제에나앉아어둠을맞는다.
세상에서떠밀려막바지에선외등이
작은빛타래를안고추위에떠는시간
깜깜한돌틈에낚싯줄을내려놓고
나는기다린다, 머나먼북쪽나라
만년빙벽아래아직도삭지못한
몇마디갑골문자두른지느러미한마리를.
살점마다베인우리옛적그아린말풀어
밥상머리숟가락으로둘러꽂힌식솔들
빈골에골수로미어지는그날을기다린다.
무시로거듭해온조행釣行, 거듭되는결론을비웃듯
하릴없는시간의물살에희롱되는초릿대를지나
바람은까칠한소금끼를몰고가집집마다
삭아버린문패에서흔적들을털고있다.
깊어갈수록졸음겨운별그늘아래
이제더는기대일밀물도없는한밤
다시한잔어둠을들이키며, 바라보면
어등魚燈아래희멀건내해內海에는내다버린등뼈처럼
부서진부표들만허옇게떠돈다. 어김없이

미늘에는독이오른복어와철없는잔챙이떼
제세상인양몫을다퉈조롱하고
지척에있어도언제나먼집
돌아가는발걸음은더러휘청거리겠지만
그래도내주정에절어돌파래는밤새중얼거릴것이다.

곡산 아래 살면서 4

이제 더는 흘려야 할 눈물마저 없습니다. 뭍의 끝을
막아선 바다를 앞에 두고 고단했던 오랜 걸음도 다 잊기
로 합니다. 떠밀려 막장 작은 터에 등 뉘이고 돌아보면
머나먼 세월 너머 광활한 대지를 쏘다니던 날도 있었지
만, 북녘으로 가는 길은 얼어붙어 기억의 문을 여는 것
조차 금기가 된 날들입니다.

아무려면 텃밭에는 벼라 별 종자들이 형형색색 요란스
런 굿판을 벌리고 잡초마냥 질기게 한 데 얼려 새끼들을
칩니다. 간간 별미같은 갈증을 채워주는 앞바다 너머 어
디서는 무시로 전을 펴는 만방의 잔치들이 오라, 손짓하
고 그 유혹에 달떠 집들은 이제금 제일祭日마저 잊은 채
들썩대고 있습니다. 밤낮없이 열린 대문으로 횡행하는
외풍에 벽채는 흙덩이들 거진 다 털렸지만 앙상하게 남
은 뼈대는 안간힘을 써가며 아직 제 형태나마 버티고 있
습니다.

뒷산에는 만연한 잡목 아래 넝쿨들 길을 지워 무덤들
은 저들끼리 저들의 땅을 살 뿐, 누구의 꿈으로도 갈 수

가 없습니다. 지친 기다림마저 이제 그만 접은 혼령들은 도깨비불로 모여 두런대는 것도 잊고 운명처럼 묘비에 각인된 무게를 하나둘씩 내려놓기 시작합니다. 무슨 허망인지요. 머잖아 그저 하얀 돌 조각이 새끼들 밥상머리 꿈 얘기로나 떠돌다 그마저도 이내 사라지고 말겠지요.

이제 더는 그리운 무엇도 생각나지 않습니다. 여늬처럼 굳게 두른 담장 안에 마른 몸을 가두고 작은 내 정원의 풍요나 만지면서 아무래도, 큰 바다로 가는 배들을 부러운 눈짓으로 흘기거나 홀로 산에 들어 청승처럼 중얼대며 또 하루를 저물게 하겠지요. 그래도 밤이 되면 비워내는 잔 속에 어쩌다, 솟대를 넘어오던 정淨한 바람소리가 원혼처럼 얼비칠런지도 알 수 없는 세월입니다.

별
— 근조謹弔 2009

어둠을 타고 올라 불이 된 이름도 있었다.
허공에서 가까스로 반짝이기 시작하는 그를
우리는 별이라 불렀지만
그 형상 하나 밝혀내기 위해
우주가 얼마나 오래 공들여 왔던가를
잠시 생각하고 이내, 잊어버렸다.
막무가내 밀려들어 길들을 차단하는
냉혹한 안개에 갇혀 서성이던 긴 밤
그를 보며 꿈을 헤는 따스함도 있었지만
시간은 어느 땐들 머물러주지 않는 것을.
느닷없는 의문부를 무시로 쏟으며
저마다 천방지축 길을 묻는 우리에게
묵묵히 북녘을 가리키던 그 별 하나는
어둠의 파도를 감내하며 숙명처럼 흔들리다
끝내는 차거운 빛의 폭주 너머 사라져야 했다.
밝을수록 텅 비어가는 우리들의 하늘
눈꼬리에 부서지는 허망을 늦게서야 알았지만
돌이킬 수 없는 심사만 혹한 속에 흔들릴 뿐,
꿈꾸는 이의 꿈이 얼마나 적막한지

한 방울 눈물로 우리 서로 껴안아 알 때
비로소 별은 가슴 어디, 다시 떠오를지도 모른다.

4부

우리 김형金兄에게*

저문 날 어귀에 작은 술잔을 놓고
가는 날에 한 잔 오는 어둠에 한 잔
그다음 잔을 받아 마악 입술에 대려 할 때, 김형金兄
마지막 바람에 대숲이 한 번 푸른 발성을 더 하여
파랗게 물드는 술빛을 보시는가 그 빛에 취해가는
뒷산 그리매는 그리도 적막하여
이 밤엔 두견이도 울음을 숨이겠네.
언제나 흔들리는 생의 작은 불꽃을 켜 들고
황량한 목소리로 우리가 길을 묻고 더러
답한다 하여도, 덧없는 이승의 한 때일 뿐.
깜깜한 생각에 짓눌린 대지가 허공 너머 어디로
불의 말을 전하듯, 몇 그루 적송은 몸을 밀고 섰지만
자꾸만 깊어가는 어둠에 이제 곧 적막하게 지워지고
말마저 잃은 술잔만 홀로 시간의 무게에 짓눌리듯
우리네 잠도 그리 깊어가는 걸 보시는가, 그래도
그 너머, 내일은 또 말갛게 기다리는 걸 보시는가.

* 오래된 시집에서 〈제목〉 차용.

76

자연율自然律

나비가 하늘에 있는 줄
알 리 없는 강아지는
아른대는 그림자를 좇느라 열심이다.
남새밭이 헝클어져 당황한 줄도 모르고
저 혼자 바쁘다가 그만 사라져버린 뒤,
지친 마당귀에 가쁜 숨이 어지러운 때 쯤
나비는 어느 꽃을 만나
봄을 품고 앉았다.

꽃

나 보아라고 피는 것이 꽃 아니다
그는 늘상 제 자리, 계절의 품에 몸을 들여
비로소 얼굴을 들고 저만의 미소 열 뿐이다.
그런 줄 모르고 내 참 까마득 모르고
애꿎은 심사만 실없이 쥐고 펴고 설레다
저문 날 귀퉁이에 홀로 앉아 듣느니, 이제 곧
어둠이 넉넉한 치마폭을 펼쳐 형상을 가져가
열정의 끝물처럼 또 한 잎씩 지워갈지 모르지만
꽃은 처음부터 제 몫의 시간을 지녔을 뿐
나 슬퍼하라고 지는 것 또한 아니다.

엽서시첩葉書詩帖

결기

한천寒天을 찌르고 선 나무들 저 당찬 결기!

겨울은 주춤주춤 골짜기로 밀려나가

패잔병 까칠한 몰골, 마른 이파리로 널릴 즈음

빛무리 한데 어우를 하늘 문이 열리고 있다.

파도

기어이 예까지 와서
섬 자락 외진 그늘에 스러지는 파도여.
적막한 것이 적막을 안고 부서져
누구의 꿈도 아닌, 다만 한때
해조海鳥들의 눈망울에 비늘처럼 반짝였던
이제는 다만 허허로운 저문 노래 한 줄이어.

빈 들

알곡은 주인이 걷고
낱알은 새 떼가 쪼고

오뉴월 타는 염천
맨살 저며 굴러왔건만

허새비 외로 누워
찬 서리 덮는 저녁

꿈인들 둘 데 있든가
쥐어볼 한 줌도 없네.

한로寒露 2008

해갈이 영 안 되어 까칠한 눈을 혀고
가물한 허공 너머 그 집을 바라보니

하느님 살던 방 월력은
태연자약 유월이다.

멍청한 그 궤도를 길이라고 따라가는
우리별 병풍 친 산 여느 골 할 거 없이
체모體毛가 다 타버린 밭떼기들
골머리를 앓고 있다.

잡초

잡초는 잡초다 흙빛만 비치면
뿌리를 쑤셔 박고 쌍판을 쳐든다.
못 말리는 저 천의 혓바닥, 날름거려
촉수에 걸린 것들 골수까지 빨아먹고
번들대는 내장으로 무더기 알을 깐다.
알이 까는 알의 색끼, 그 장단에 장단치듯
벌름대는 구멍들, 골이 빈 골의 구멍
혼이 빠진 혼의 구멍 막무가내 여는 구멍.

잡초는 죽어서도 잡초이고, 그래
땅은 시방 아무것도 생각할 수가 없다.

장미가 사라졌다

장미는 꽃 이름이다. 함부로 접하는 게 아름다움 아니라고 가시를 온통 두른 화사한 미소보다, 나는 오직 내 담배 장미를 좋아했다. 한밤중 자판 위를 안개마냥 서성이다 동이 틀 무렵에야 까칠해진 눈앞에 어눌한 문장 몇 개 던져놓고 늘어진 하품으로 흩어져 가던 장미.

제 몸을 살라가며 밤을 밝혀 노래가 된 촛불도 촛불이지만 혼자서 가는 길에 언제나 함께 하던 내 그림자 장미는, 꽃샘추위에 시퍼렇게 피멍 드는 새싹들의 얼어버린 손조차 잡아줄 수 없는 날 비열하게 숨어 젖는 눈시울을 그래도 봄은 온다 다독여 주던 장미는, 술잔에 와서 녹는 시간의 조각들을 그저 바라보며 자꾸만 손짓하는 잠에게도 끄득이는 적막한 심사를 연인처럼 포근히 껴안아주던 장미는

담배포 진열대에서 장미가 사라졌다. 겨울로 접어드는 허접한 여숙旅宿은 추운 꿈을 홑이불인양 두르고 앉았는데, 누군가가 내게서 마지막 남은 따스함조차 분리할 수 있다니! 그래, 사라진 장미처럼

언제나 나는 주인主人이 아니었다.

하지夏至가 지나갔다

하지夏至가 지나갔다 울고 싶은 날이 많아졌다.

먼 산에서 억새풀이 전갈을 보내왔다. 눈물방울 따위
는 새들이 주워 물고 어느 모래톱에 유기시켜 줄 거라
고, 겨울이 온다는 건 상상일 뿐이라고 전해 온 목소리
는 수척해 있었다. 한 번 더 울고 싶었지만 울 수가 없었
다. 나는 오래 객지를 떠돌았으므로 무엇을 울어야 하는
가를 잊은 지 오래였다. 작은 지번을 하나 부탁하고 싶
은 것이 내가 할 수 있는 유일한 한마디였으나 그것이
이유가 될 리 만무했다. 그는 남은 독기를 모두어 바람
의 살점을 베고 그 속에 몇 알 종자를 집어넣어 산 아래
로 보내야 했으므로, 내 말은 끝내 발송되지 못했다.

성큼 하지가 지나갔다. 아쉬움이 많았던지 뜨거운 것
들이 발악하듯 점령지를 깡그리 소개燒開하기 시작했다.
산으로 가는 길에 드문 드문 놓여 있는 객지를 기웃거리
며 잠시 피난할 데를 찾는 내가 참 역겨웠지만, 혼자서
떠돈 뒤는 내내 그랬으므로 그러려니 했다. 주막집 울
너머서 봇짐을 몰래 열고 낯선 말을 모으는 게 유일한
낙이 되어갔다. 알 수는 없지만, 바람에도 바스라질 듯
위태한 잎사귀를 움츠린 다갈색 억새 곁에 지번을 얻게

되면 하나씩 두고두고 보여줄 참이었다.

　겨울이 지척으로 다가온 것 같은데, 더 이상 전갈은 오지 않고 주막이 안 보이자 봇짐은 날마다 가벼워져 갔다.

정오正午

한여름 땡볕 속을 굴러온 바람같이
그 바람 덮어쓰고 땀 절은 발성을 질척대는 풀밭같이

자꾸만 달아올라 자지러지는 햇살같이, 뒤엉켜
짓이겨진 몸에서 허공으로 산발하는 저 미친 숨소리
같이

불타지 못하는 꿈이 정오正午일 수 있겠느냐, 제 한 몸
뚱아리
내던지지 못하는 오정午正이 꿈이 될 수 있겠느냐. 아
무래도

그늘 아래 몸 사리며 비끼어 온 바람같이
묵정밭 언저리나 서성이는 또 한 자락 허드레같이.

갯벌

어김없이 하루 두 번
하늘을 보는데도
여태 그 별 하나 따질 못했다

새까맣게 타버린 속내에는
하릴없는 생각의 파편들만
쌓여간다

아무래도 날은 이미 저물녘이다.

갯벌에서

한때 이 갯벌이
누군가의 집이던 때가 있었다.

하늘로야 넘볼 수 없었지만
따뜻한 지심地心을 따라 내려가며
바지락이 한 층
겁 많은 게고동이 한 층
그 아래 넝쿨처럼 갯지렁이
몸집이 굵은 놈일수록
더 아래로 파고들어 저보다
몇 배나 움츠리는 낙지를 보고는
몰래 히죽거리기도 했다.
그래도 어김없이 하루 두 번
밀물은 부드럽게 문간을 쓸고 갔다.

지금은 겨울, 진눈깨비 적막하여
돌이 된 문패들만 얼어있는 무한 고요,

한때 이 갯벌에서
누가 숨 쉬던 때가 있었다.

자운영

토끼풀 바구니에나 담던 그 풀 이름이 자운영인 줄 안 것은 어른이 된 뒤의 일입니다.

눈이 녹듯 차고 맑은 물이 사철 넉넉하다는 남해 설천 雪川 귀퉁이에 밭을 쪼다, 호미날이 문득 멈추어 선 것은 그 아래 쪼그린 작은 꽃 하나 때문입니다. 짧은 만남 뒤에 오는 실없는 작별이 싫어 도무지 꽃을 좋아하지 않는데도, 무자비한 잡초들의 처형 속에 그들만은 오롯이 남겨두자 속 모르는 친구는 연신 눈을 갸웃거립니다.

땅에 바짝 엎드린 채 아장대며 일없는 꽃이나 피우는 그 풀에 바알간 구름의 그림자인양 분에 넘치는 이름을 붙여준 이유도 저는 알 수 없겠지요. 마음 어린 친구여,

막무가내 땅심을 빨아 기름지게 몸뚱아리 불려가는 온갖 잡초 속에서 저 받아준 터를 살지게 다듬으며, 다듬으며 사는 이런 풀도 있었다네.

가천加川에서

가천에 가서 보면 안다
깜깜한 어둠 속을 넘나들어
밝은 한 생을 열어가는 것들에겐
저마다 하나씩의 눈이 있는 것을.
어둠에 들어 어둠이 되는 우리네 눈이 아닌
땅속에서 뿌리가 무명無明에 제 몸을 함몰하여
마침내는 지상의 한 형상을 열어가듯
우리가 외면하여 잊어버린 그곳에
그윽한 눈 하나 간직된 것을.
그 눈 떠 있는 곳에만
하늘이 저대로 내려 생명인 것을 안다.

오 오, 그곳에도 눈이 있었다니!

* 남해 가천, 그곳에 〈암 · 수 바위〉가 있다.

90

하느님의 불장난

태초에 사내를 만들고 혼자 심심하지 말라고 갈비뼈 하나 뽑아 여자를 만드신 하느님은, 덕분에 온갖 죄의 단맛에 길들여지자 요번에는 체모를 몇 개 뽑아 파리 모기 세균도 만들어 이리저리 흩은 채 휑하니 가버린 하느님은, 세월 지나 오랜만에 둘러보니 그래도 잘 번창한지라. 그 중에 자꾸만 당신을 가난한 자의 벗이라는 이들이 늘어나자 어느 여름 선택된 이들을 산장에 들게 하고 허드레 것들 골짜기에 널린 밤 홍수를 한 번 던져 보아라, 내가 너희 벗이냐 본때를 보여주신 하느님은

한 갑자 살고서야 비로소 그걸 깨우치자 고놈 참, 어떻게 알았지, 불을 들고 요리 조리 갸웃거리다 무심코 흘린 불똥에 내 가진 세간을 몽땅 잿더미로 만들고는 훌훌 털고 가버린 하느님은, 돌아가 얼핏 생각하니 조금은 미안했던지 장부를 뒤적여 몇 년인가 생명줄을 보태 넣고, 그 덕에 나는 이 밤에도 아직은 남아 있는 이승의 잔을 기울이는 쏠쏠한 재미에 취해 있고……

겨울 묘역墓域에서

꽃이라 한들
어찌 한 무덤의 위안일 수 있겠느냐.

겨울날 눈 내리는 숲 속에 서서 보면
마른 풀잎 밟고 가는 시간의 걸음인양
눈송이는 자꾸만 유명幽冥의 경계 넘어 간다.

무엇이나 흘러가 옛날이 되는 세상의 귀퉁이
가버린 날을 앞에 두고 애틋한 사연, 저 꽃잎들
이, 저승 말 전하듯 저 홀로 적막한데

슬픔은 슬픔일 뿐
누구의 생에서도 길이 되지 않는다.

꽃잎은

꽃잎은 부드럽다 그런데도 어찌하여
우리들은 무시로 거기 감겨 잠드는가. 눈을 떠 깨어나
면, 현란한 몸짓들을 잊지 못해 또 다시 찾아들어 잠들기
를 반복하나. 그래서 영 눈뜨지 못할 먼 날을 찾아가나.

애당초 제가 지닌 아름다움 그로 인해 꽃잎은 꽃잎이
고 나는 또 내가 되는 것인데, 꽃잎은 부드럽게 사내들
의 고집마저 감싸 안아 망각의 불에 태워 유순하게 하는
구나. 놀라워라, 비처럼 적셔 나긋이 길들이는 저 일품
방편이라니!

우직한 것들을 취기처럼 풀어내어 아무도 홀로 서지
못하게 아우르며 속살대는 꽃잎을 바라보면 끝내는 부
드러움이 심판처럼 큰 힘인 줄 알 듯도 하지만, 아무래
도 우리가 저 무명의 어둠에서 이승으로 건너올 때부터
만남은 곧 죽음인 운명의 긴 꼬리를 달고 왔던 것일까.
엄중한 신神의 유산인양, 이 한 장씩의 꽃잎을.

편지 片紙

우리가 다시 만날 수 있겠느냐 만나서
기억의 골짜기에 아린 별들이나 헤면서, 우련
붉어지는 심사인들 감내할 수 있겠느냐
돌아와 나풀대는 바람의 머릿결에 기대어
막막한 두 볼인들 부벼볼 수 있겠느냐.
홀로 고단했던 먼 길을 돌아 저마다
여윈 얼굴을 낯선 집에 들이고, 운명처럼
인연의 한 넝쿨로 굳어 무심한 날 뒤에
다시 더는 불러볼 수 없는 이름만 잠시
회상의 꽃잎을 열고 사라져 갈 것을. 그래도
만남이어, 꿈꾸는 이들의 아름다운 허방
언 손을 부비며 허허론 그 언저리를 돌아
아무래도 다시 만날 수 있겠느냐, 걸어서
저물녘 길의 끝 마른 풀잎 한 음절로나 만나
울음 환한 잔으로 미어지는 속내일 수 있겠느냐.

까마귀야

산에 가면 임종처럼 늘어지는
뒷산 그리매에 울고

바다에 가면 자꾸만 스러지는
파도의 마지막 몸부림에 울고

누군들 끝내 비껴가는
울음덩어리 새야.